Leyendas mexicanas coloniales

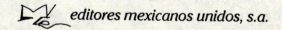

editores mexicanos unidos, s.a.

© Editores Mexicanos Unidos, S. A.
Luis González Obregón 5-B Col. Centro
Delegación Cuauhtémoc
C.P. 06020 Tels: 55-21-88-70 al 74
Fax:55-12-85-16
editmusa@mail.internet.com.mx
www.editmusa.com.mx

Miembro de la Cámara Nacional
de la Industria Editorial, Reg. No. 115

ISBN 968-15-1180-8

3a. Edición, abril 2001

Impreso en México
Printed in Mexico

Leyendas mexicanas coloniales

editores mexicanos unidos, s.a.

La Llorona

Cuando en la Catedral se daba el toque de queda, todos los habitantes de la ciudad de México, se encerraban a piedra y lodo.

Dicen que hasta los soldados, que habían mostrado su valentía en la conquista de México, al llegar esa hora, nadie salía; los corazones se sobresaltaban al oír un gemido terrible, que penetraba hasta los huesos.

La ciudad vivía aterrorizada.

¡La Llorona!, clamaba la gente, y del susto apenas podían rezar una oración; y con la mano hacían la señal de la cruz.

¿Quién podría ser el valiente que se atreviera a salir al escuchar ese terrible llanto?

Se decía que esto era cosa de ultratumba, pues, si se tratara de gritos humanos no se escucharían tan lejos, y sin embargo, estos lamentos se oían por toda la ciudad.

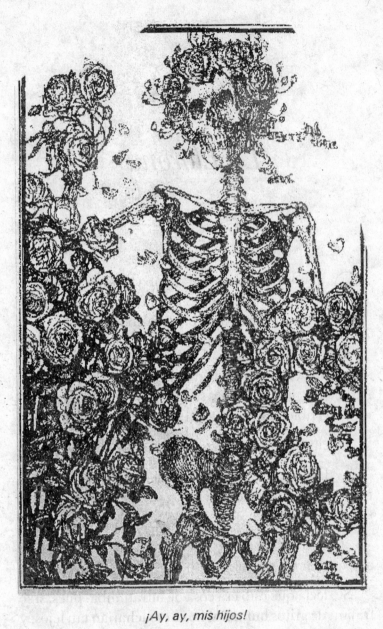

¡Ay, ay, mis hijos!

Hubo algunos que envalentonados por el vino, decidían salir a su encuentro, hallando la muerte, otros quedaron locos de la impresión y los menos, no volvieron a intentar esta aventura y preferían quedarse en sus casas.

La llorona era una mujer, que flotaba en el aire, vestida de blanco y cubría su huesuda cara. Cruzaba la ciudad lentamente; dicen los que la vieron que alzaba los brazos y emitía aquel gemido angustioso que asustaba a todos.

—¡Ay, ay de mis hijos, qué será de mis hijos!

Cuando llegaba a la Plaza Mayor, allí se hincaba, besaba el suelo y se ponía a llorar con mucha desesperación, y con un largo ¡Ay, ay!...

De pronto desaparecía, como si se escondiera entre las nubes.

Esto pasaba todas las noches en la ciudad de México. Muchas eran las versiones referente a ella.

Unos decían que la mujer había fallecido, lejos de su esposo a quien amaba profundamente.

Otros afirmaban que la mujer nunca pudo casarse, pues la sorprendió la muerte, antes de que dieran su mano, y que el caballero se encontraba perdido en vicios que perturbaban su alma.

Al decir de otras personas, se creía que la mujer era viuda y que se lamentaba, porque sus hijos huérfanos, estaban angustiados y sin que nadie los ayudara. También se decía, que la mujer, era una pobre madre a quien le habían asesinado a sus hijos; y que salía de la tumba para llorarles.

Otros afirmaban que había sido esposa infiel y como no hallaba paz, venía del mundo de los muertos, con el

fin de alcanzar el perdón, por sus faltas. Además se decía que la mujer había sido asesinada por su marido celoso; se decía que la famosa Llorona era la célebre «doña Marina», conocida también como la Malinche que vivió sin casarse con Hernán Cortés, y que venía con permiso del Cielo, a llenar el aire de lamentaciones, en señal de arrepentimiento, por haber traicionado a su pueblo, al estar del lado de los conquistadores españoles que cometieron tantas locuras.

En las noches de luna, se veía su silueta por las poblaciones circunvecinas que asustaba al ganado; se le vio de rodillas, al pie de las cruces; salía con gran misterio de cuevas, donde habitaban salvajes fieras, emitiendo siempre su lamento:

—¡Ay, ay de mis hijos, qué será de mis hijos!

Esta leyenda de la llorona es muy antigua, pues también se comentaba, que se trataba de mujeres que morían en el parto, solían venir en una fecha determinada, convirtiéndose en fantasmas para asustar en los caminos a quienes transitaban por allí.

También había premoniciones de los españoles que afirmaban que salía una mujer del lago que angustiada decía:

—¡Ay hijos míos, ha llegado la hora de su destrucción!

Todavía en los primeros años del siglo XVII, se escuchaban los gritos de la Llorona; de pronto y misteriosamente, desaparecieron para siempre y ya pudieron dormir tranquilos los habitantes de la ciudad de México.

La mulata de Córdoba

Había muchos hombres ricos y famosos que enamoraban a la mulata de Córdoba, sin que ella les correspondiera, era una mujer muy hermosa, católica y recatada, extraordinaria y simpática, de buen carácter, le hacían todo tipo de regalos y cumplidos sin lograr su amor.

Muchos hombres por despecho decían que estaba enamorada del diablo, estos comentarios se extendieron por toda la ciudad, se decía que hacía magia, artes adivinatorias y brujerías. Algunos afirmaban que de su casa salía olor a azufre.

Las malas lenguas decían que en las noches de luna la veían salir volando para ir a la fiesta que organizan los hechiceros para adorar a Satanás.

Se decían tantas cosas de ella; como el caso de que si alguien tenía un deseo que se pudiera considerar irreali-

Había muchos hombres ricos y famosos que enamoraban a la mulata de Córdoba.

zable, o si bien, se deseaba alcanzar un amor imposible, recurrían a la mulata para que les diera un brebaje para obtenerlo.

Estos servicios eran gratuitos, y surgía la pregunta: ¿De dónde obtenía tanto dinero? Ya que realizaba obras de caridad, su casa era muy hermosa con muebles y adornos caros y joyas exquisitas.

Las demás mujeres la envidiaban porque siempre se veía joven, a pesar de los años; su fama corrió de Córdoba hasta México, que al llegar a los oídos de la Santa Inquisición, fueron por ella, y esposada de manos y pies con unas argollas fue encarcelada y puesta a disposición del Tribunal del Santo Oficio.

Tal fue la admiración de todos los habitantes, que salían de sus casas para verla; ella los miraba misteriosa, y éstos sentían estremecerse de temor.

Le confiscaron sus bienes; y como se hacía con las brujas y hechiceras la iban a quemar en la hoguera.

Dio inicio su proceso y después de algunos meses, presentaron las pruebas y testigos, se declaró culpable y fue sentenciada.

Publicada la sentencia, comenzaron los preparativos del acto de Fe, que se iba a ejecutar no sólo a la mulata sino a los herejes, a los bígamos y luteranos, también a una bruja, que mediante hechizos satánicos hizo traer de lejanas tierras a su amante en sólo dos días.

Eran muchas las personas que se pensaba quemar por diferentes causas, entre ellas, a quienes tuvieron el atrevimiento de robarse un Cristo de cobre, y azotarlo hasta hacerlo sangrar.

Un día antes de la ejecución, pasó algo extraordinario que llenó de asombro a toda la población. ¡Cuál sería la sorpresa de la gente, al enterarse que la mulata de Córdoba había desaparecido de la cárcel!

Cuando el guardia le llevó su desayuno la vio vestida con un traje color verde, adornado de flores, cubría su cuello con finos collares y olía a perfume fino, era una mujer hermosa.

La mulata recibió al carcelero con una sonrisa y le mostró un barco que ella había pintado en la pared, que sorprendía la perfección del trabajo.

La mulata dobló su falda dejando ver sus zapatos, adornados con tiritas de plata; le hizo una reverencia y saltó a la nave, desplegó sus velas; sopló un viento y se alejó, la embarcación se perdió de vista; y sólo se dejaba ver a lo lejos, la mano de la mulata haciendo un gracioso adiós. Dejando en el calabozo un olor de rosas frescas.

La muerta que resucitó

Esta es la historia de Moctezuma Xocoyotzin y su hermana Papantzin que fue esposa del señor de Tlatelolco, teniendo poco tiempo de haber fallecido.

Papantzin, era joven y muy hermosa, vivía en el palacio que le había dado su esposo. Un día, enfermó de gravedad, la atendieron los mejores médicos de México, pero a pesar de los esfuerzos murió.

Asistieron al funeral, altas personalidades vestidas elegantemente, tanto de México, como de Texcoco y de Tlatelolco, de donde era su esposo. Moctezuma adornó al cadáver con valiosas plumas y joyas de oro y jade.

El cuerpo de la princesa, se sepultó en una gruta, rodeada de hermosos jardines de palacio, adornado de

Papantzin era joven y muy hermosa, vivía en el palacio que le había dado su esposo.

bellas y exquisitas flores, junto al estanque, **donde ella** acostumbraba bañarse.

Al día siguiente de lo sucedido, cruzó una **niña por** el estanque y vio a la princesa peinando su **larga cabe-** llera; la niña no se asombró, ya que era rutina encon- trar allí a la princesa.

De pronto la princesa llamó a la niña: —ven cocotón, ven (lengua mexicana para llamar a los niños cariñosamente), ella se acercó a la princesa; —ésta le dijo que fuera corriendo a llamar a la esposa del ma- yordomo del palacio, pues necesitaba hablar con ella.

La niña obedeció, y contó lo sucedido, pero la seño- ra muy sorprendida no le creía, pues Papantzin ya ha- bía muerto y sepultada el día anterior; por fin llegó has- ta el lugar y efectivamente ahí estaba la princesa. De la impresión tan grande se desmayó; como si **alguien le** hubiera pegado.

Al verla, Papantzin le dijo a la pequeña que **llamara** a su madre, al llegar ésta, sucedio lo mismo **después de** dar un grito de espanto. Cuando despertaron **de su des-** mayo las asustadas mujeres, la princesa les **habló dulce-** mente y les explicó que no estaba muerta.

Las mujeres estaban felices al escuchar esta **noticia,** pues todos la querían mucho y de inmediato **fueron a** explicarle al mayordomo que la princesa no **había muer-** to, y a pedirle que fuera a México a **contarle a**

Moctezuma la noticia, pero tenía miedo de que no le creyera, y lo castigaran por lo mismo.

—Ya que tienes tanto miedo, ve a la ciudad de Texcoco y avísale al señor Netzahualpilli, que venga a verme, —dijo la princesa.

El mayordomo, que estimaba mucho a la princesa la obedeció enseguida y fue a entrevistarse con Netzahualpilli; pero éste tampoco lo podía creer. Cuando llegó a Tlatelolco y la vio sentada confirmó la noticia.

Decidió ir a México-Tenochtitlan a entrevistarse con Moctezuma y hacerle saber que su hermana quería verlo para informarle una noticia importante.

Moctezuma no daba crédito a lo que escuchaba de Netzahualpilli, y éste le rogó que fueran a Tlatelolco a entrevistarse con la princesa, para que tuviera la certeza que era verdad lo que le decían.

Salieron rumbo a Tlatelolco, acompañados por mucha gente y guerreros de la corte, porque pensaba que se trataba de una trampa.

Al ver a su hermana no lo podía creer: ya que él mismo la había sepultado en la gruta el día anterior, y se encontraba viva ante sus ojos y mudo de asombro, con voz ahogada, le dijo: —Papantzin, hermana mía, en verdad eres tú o eres un fantasma que perturba mis sentidos. —Soy yo, Señor Papantzin, tu hermana, la misma que enterraste ayer en los jardines de este palacio, estoy viva, y tengo que darte un mensaje importante que me ha sido revelado.

Mudos de asombro, tomaron asiento ambos señores y se dispusieron a escuchar aquella revelación.

—Cuando caí en el profundo sueño de la muerte, tuve una visión. Me encontraba en un camino, que se dividía en muchos senderos y en un costado pasaba un río con gran caudal de agua. Pensé cruzarlo nadando, cuando se presentó de repente un hermoso joven, con gran presencia, vestía una túnica blanca y brillaba con el sol. Tenía dos alas adornadas con plumas y en su frente llevaba una señal; al decir esto, Papantzin hizo con sus dedos la señal de la Cruz. El joven tomó mis manos y dijo las siguientes palabras:

—¡Alto! No te arrojes al río de aguas turbulentas, no es tu tiempo de cruzarlo. Todavía no conoces al verdadero Dios, creador de todas las cosas, pero sin em-

bargo, Él te ama y
quiere salvarte.

Después de escu-
char estas palabras, el
hombre me condujo
por la orilla del río en
la que se veían hue-
sos y cráneos huma-
nos y se escuchaban
lamentos a lo lejos,
que llamaban a la
compasión.

Al alzar la vista vi
unas embarcaciones
muy grandes y dentro de ellas muchos hombres, diferentes a nosotros.

Su piel era blanca como el papel y tenían largas bar-
bas, cubrían sus cabezas con cascos que resplandecían
y sostenían en las manos unas banderas.

Entonces el hermoso joven me volvió a decir:

—Dios quiere que vivas aún, a fin de que des testi-
monio de lo que va a pasar en tu tierra; de las transformaciones que vas a ver próximamente.

Los lamentos que escuchaste a lo lejos, son las almas de sus antepasados, quienes vivían atormentados
en castigo a sus desobediencias.

Los hombres que viste en las embarcaciones, son guerreros que los van a conquistar, pero alégrate, con ellos viene también la noticia del verdadero Dios, creador de todo cuanto existe.

Cuando termine la guerra y se extienda el conocimiento de Dios, y tus hermanos de raza reciban el agua que lava todos los pecados. Tú serás la primera en recibirla.

Después de decir estas palabras desapareció, y yo desperté nuevamente, como si hubiera salido de un sueño; me levantó de la fría piedra en que me encontraba, y moví la roca que tapaba la gruta y salí nuevamente al jardín, buscando a mis sirvientes para explicarles todo lo que me había pasado.

Moctezuma, al escuchar el relato regresó a su palacio, todo decaído y triste, aterrorizado porque iban a ser conquistados.

Los médicos lo consolaban, le decían que probablemente su hermana se estaba volviendo loca, a causa de la enfermedad que había padecido.

Moctezuma estaba muy triste, de alguna manera corroboraba las noticias de la costa, precisamente habían visto llegar a estos hombres, en la forma que Papantzin había relatado, sin saber de lo que se trataba.

En cuanto a Papantzin, ésta sufrió algunas transformaciones, después del acontecimiento, vivió encerrada en sus habitaciones dicen que apenas comía y sacrificaba su vida, absteniéndose de lujos de este mundo.

En el año de 1524 recibió las aguas del Bautismo, siendo efectivamente la primera que nació a Cristo, por sus aguas vivificadoras; recibiendo en ese acto, el nombre de doña María Papantzin.

Después de esto, su vida poseía todas las virtudes, derramando bondad a todos los que la rodeaban, así murió para entrar a la vida que nunca se acaba. ✍

El difunto ahorcado

El domingo 7 de marzo de 1649, en la ciudad de México, por el Palacio del Arzobispado; los habitantes vieron pasar una mula, en la que iba montado un indígena y éste sosteniendo a un caballero para que no se cayera.

Tal caballero era el cadáver de un portugués y haciéndoles compañía, iba a su lado el pregonero a la usanza de la época, tocando la trompeta para hacer público el delito que dicho hombre había cometido.

Los habitantes de México se enteraron que hoy día domingo a las siete horas de la mañana, mientras oían misa los presos en la cárcel de la Corte, este hombre se hizo el enfermo, y se quedó en la enfermería; el cuál estaba en la cárcel porque había asesinado al alguacil del penal de Iztapalapa, y sin que nadie lo sospechara ni lo viera se ahorcó.

Era un caballero portugués.

Cuando terminó la misa, lo buscaron los carceleros encontrándolo sin vida; informaron éstos a los alcaldes de la Corte, los cuales hicieron las averiguaciones correspondientes para saber si había algún cómplice en este delito, se pidió licencia al Arzobispado para que se ejecutara la pena capital, a la que había sido condenado por el crimen que había cometido.

Pero ese día se festejaba el Día del doctor Tomás de Aquino y no se permitían las ejecuciones; pero por los delitos cometidos, concedió la autoridad eclesiástica se realizara en la Plaza Mayor como escarmiento para todos aquellos que cometieran los mismo actos.

Todo lo presenció el pueblo, pues bien sabían que la Inquisición ponía en manos de la autoridad civil al reo, pues quemaban la imagen si se encontraba ausente, o en su caso, se desenterraban los huesos si ya estaba muerto.

Después de pasear el cadáver por toda la ciudad, la comitiva y el portugués hicieron alto en la Plaza Mayor, y el difunto fue ahorcado frente al Palacio Real.

Todo el procedimiento se ajustó al ajusticiamiento de los vivos, a excepción de no llevarles el Cristo de Misericordia, que era costumbre para ejecutar a los sentenciados, pero siempre y cuando no fueran suicidas o impenitentes como era el caso del portugués.

Después de realizada la ejecución, comenzó a soplar un viento tan fuerte que las campanas de la iglesia se

tocaban solas, las capas y los vestidos de las personas presentes, así como los sombreros volaban con fuerza.

Era tal la superstición de la gente diciendo que ese aire tan fuerte era porque el portugués tenía pacto con Satanás y que ese caballero era el mismísimo diablo.

La gente curiosa, se acercaba y le hacía cruces, los jóvenes lo apedrearon toda la tarde, hasta que los ministros dieron la orden de llevarse al ahorcado a San Lázaro, donde fue arrojado a las aguas sucias y pestilentes del lago.

Diversión desde el panteón

Versión de Teresa Valenzuela

l centro de nuestra gran ciudad es un lugar interesantísimo, muy bullanguero y con muchas cosas que ver. Se puede visitar gran cantidad de lugares históricos y museos, en donde la diversión se combina con el aprendizaje. También se puede admirar edificios, impresionantes por su belleza o antigüedad. Simplemente caminar por calles viendo aparadores y a la gente, es emocionante.

Seguramente tú ya has transitado por ese lugar, pero en este momento te voy a llevar "con los pies de un cuento", para que leyendo, nos transportemos a algunos sitios del corazón de la ciudad, en donde encontrarás historias que a veces piensas, que no son verdaderas; y sin embargo hay huellas que hacen dudar: ¿sucedieron o no? Pues caminemos.

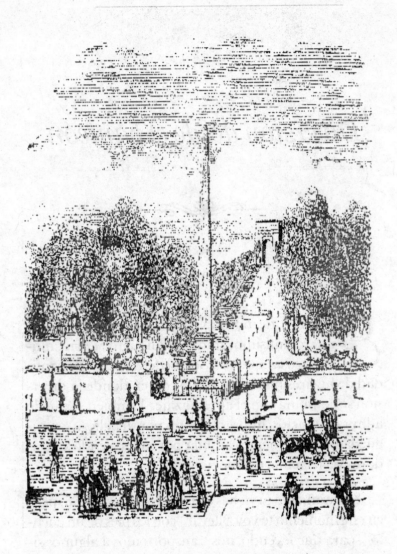

Guayabates azucarados, natillas exquisitas...

El callejón de la machincuepa

Estamos en una callejuela donde una placa dice: "Callejón de la Machincuepa".

Se dice que este curioso nombre fue asignado a esa calle debido a un incidente que ocurrió en el siglo XVIII. Vivía en esa calle un hombre rico y solitario llamado Félix Avendaño, que había llegado en su juventud de La Habana, Cuba, junto con su hermano; ambos buscando hacer fortuna.

Don Félix, empeñoso y trabajador, lo logró; pero su hermano prefirió viajar a España al primer fracaso que tuvo con un negocio. De eso ya hacía muchos años y Félix no había vuelto a tener noticias del hermano. Vivía únicamente con un ama de llaves que atendía la casa con esmero. La buena mujer se dedicaba, principalmente a satisfacer el paladar de su patrón. Sobre todo los postres que eran la debilidad de don Félix. Guayabates mullidos y azucarados, natillas exquisitas, almendras confitadas, rosquillas de anís y de canela, crujientes cocadas, cajetas de leche, frutillas con melaza y otras maravillas culinarias nunca faltaban en su mesa.

Pero don Félix tenía otro placer espiritual: ayudar a los menos afortunados. A su casa llegaba cualquier persona a solicitar ayuda para solucionar sus necesidades económicas y nunca se retiraban sin consuelo monetario. Tenía un amigo muy querido, fray Antonio Villegas, un religioso alegre y regordete tan goloso como su anfitrión. Con él don Félix compartía su mesa tan galana.

Durante una de aquellas comilonas, llegó una carta en que le comunicaban a don Félix la muerte de su único y añorado hermano. Esta misiva le ocasionó una impresión tan violenta que se desmayó. De ese ataque los doctores no pudieron mas que salvarle la vida, pero le quedó una temblorina feroz que desde ese día le impidió usar brazos y piernas, y su cara contraída hacia un lado le daba una apariencia grotesca. Tampoco podía hablar bien y lo más grave era que no podía masticar.

—¡Pero si casi no puedo comer! —decía llorando a las vecinas, el ama de llaves—. Atolitos y algo de puchero, es todo lo que toma mi pobre señor.

—Fray Antonio visitaba muy seguido a su amigo, para darle consuelo y aconsejarle tener resignación. Pero a veces le daba suplicio sin querer, hablándole de cosas que recordaban al pobre enfermo la comida que no podía ingerir.

—Don Félix, encontré a Elenita Vizcaya y le manda saludos.

—¿Y ed... lla, coco... cómo eds... tá?

Pues robusta y linda como gallinita cebada, con el rostro lozano como manzanita de Atlixco, con esa sonrisa franca que le hace mostrar toda su dentadura como si fuera un elotito tierno... ¡Ay, Jesús, qué estoy diciendo!

El pobre enfermo se ponía muy triste con aquellas imágenes y el fraile se iba muy avergonzado por su imprudencia.

Una mañana, cuando el ama disponía el escaso desayuno para el dueño de la casa (atolito blanco), tocaron la puerta. Al abrir la buena mujer vio a una chiquilla flacucha no mayor de 14 ó 15 años que preguntó:
—¿Vive aquí don Félix de Avendaño?

—Sí... contestó el ama.

—Soy su sobrina —dijo la chamaca, mientras la hacía a un lado y entraba a la casa con gesto altivo.

Y agregó pomposamente: "Diga al mozo que meta mi equipaje".

Se refería a una petaquilla pringosa amarrada con un mecate, que cargaba un muchacho descamisado, que se río con muchas ganas mostrando la dentadura molenca, cuando oyó la palabra "equipaje".

La recién llegada se llamaba Ángela, y en carta de puño y letra del difunto hermano de don Félix, escrita antes de morir, se acreditaba como su única y ahora huérfana descendiente. Como era de esperarse el tío la recibió con gran cariño y dándole el lugar de hija tuvo todo el poder en aquella casa.

Fray Antonio, al saber por el ama de la llegada de la pariente, se alegró mucho porque él tenía que ausentarse durante un tiempo de la ciudad y pensó que la joven sería la compañía perfecta para su amigo enfermo.

—Ese ángel será una bendición para el pobre de don Félix—, exclamó juntando y elevando sus manos.

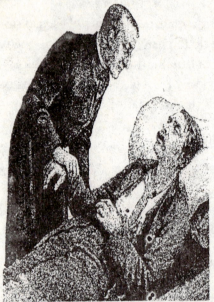

— De ángel sólo tiene el nombre —murmuró el ama. Tenía razón, porque la bondad no era una de las virtudes de aquella muchacha. Desde el día de su llegada a esa casa no se volvió a socorrer a nadie.

— A mí nadie me ha ayudado nunca, —decía con dureza.

—¿Y tu tío? —le replicaba el ama.

—No es ayuda —contestaba con altanería. Y señalando alrededor, añadía: Todo esto es mío. Y seré feliz el día que regrese a España con mi herencia.

De inmediato compró las telas más caras y bellas, sedas y brocados, para que le confeccionaran gran cantidad de vestidos hermosos. También compró las zapatillas, peinetas y mantillas más elegantes que había y las joyas más costosas y espléndidas. Asistía a cualquier fiesta y tertulia para lucir sus atuendos, y en poco tiempo tuvo muchos pretendientes, más interesados en su herencia que en su belleza, la cual no era mucha y se hizo menos porque en poco tiempo había engordado tanto que el que se la encontraba caminando por la calle, tenía que bajarse de la banqueta para que ella pasara.

—Y cómo no va a subir de peso, si come como náufrago rescatado —pensaba el ama al servirle un platillo tras otro—. Y lo atroz es que lo haga delante del infortunado.

En efecto, la malvada criatura ordenaba que se le dispusiera desayuno, almuerzo, comida, merienda y cena en la habitación del enfermo; con el pretexto de acompañarlo. Su verdadero propósito era atormentarlo para que la tristeza se lo llevara más pronto al otro mundo.

—¡Hummm! ¡Qué delicia! ¡Qué ricura! —decía relamiéndose—. Lástima que tú no puedas probar tiíto.

Don Félix a veces cerraba los ojos, pero de nada servía pues el aroma de los manjares que ella disfrutaba llegaba a su nariz. Si le pedía que comieran separados, la perversa fingía tristeza y reclamaba con lágrimas: "¡Tú no me quieres, no deseas mi compañía". Y si el ama alguna vez sugirió que tomara sus alimentos en el comedor, se arrepintió porque Ángela le contestó con firmeza: "Aquí se hace lo que yo ordeno y si a usted no le gusta, la puerta es muy ancha!"

Y sucedió lo inevitable, don Félix falleció. Ángela derramó lágrimas de cocodrilo ante las personas que la acompañaron a las exequias. Pero estaba feliz, su anhelo de regresar rica a Madrid, en donde había padecido humillaciones y penurias con su orgulloso padre que nunca quiso pedir ayuda a su hermano, estaba muy cerca.

Fray Antonio había regresado de su viaje, y aunque no llegó a tiempo para despedir a su amigo en sus últimos momentos, pensó que sí podría consolar a la sobrina.

—No creo que necesite consuelo alguno —le dijo el ama de llaves, con ganas de ser discreta, pero luego ante la insistencia del fraile le contó las malas acciones de Ángela. Fray Antonio no podía creerlo, pero se dio cuenta de que algo había de cierto cuando fue leído el testamento.

El escribano, colocándose sus anteojos con parsimonia, empezó a leer el documento en igual forma. Ángela, impaciente e incómoda porque la silla era pequeña para su obesa persona, le dijo: "Apresúrese y vaya al grano. A cuánto asciende mi herencia!"

Era una gran fortuna, en efectivo, propiedades y valores. Una sonrisa gigante aumentó las desproporcionadas mejillas de Ángela y su notable papada completó la fea estampa.

—Pero hay una condición para que usted la reciba —dijo el escribano, deberá darse una marometa o machincuepa en el Zócalo, el próximo domingo al medio día.

—¿Una qué? —exclamó la muchacha incrédula ante lo que había escuchado.

El pobre escribano tuvo que leerle tres veces el enunciado mientras aquel rostro mofletudo se iba poniendo cada vez más rojo de ira.

—¡Maldito! —gritó la muchacha poniéndose de pie. —¡Ojalá te mueras!

Ella salió furiosa de la habitación sin darse cuenta del disparate que había dicho, y tampoco escuchó una risa de ultratumba que hizo santiguarse a los ahí presentes.

Como las noticias vuelan y más cuando son de cosas raras, pronto se supo en todos lados lo que don Félix había dispuesto en su testamento.

En cuestión de horas los niños de toda la ciudad cantaban, de manera irónica:

"Angelita es re elegante
eso que ni duda quepa
y va a estar re interesante
que se dé una machincuepa."

El domingo la Plaza Mayor estaba repleta de gente.

El domingo la plaza mayor estaba repleta de gente de todas las clase sociales. Los pobres, al rayo del sol, comiendo fritangas con mucho gusto; y los ricos en balcones y ventanas a la sombra y comiendo fritangas con remilgos. En todos había grupos haciendo apuestas, unos decían que tan altiva muchacha no haría ese desfiguro y otros opinaban que por su gran ambición lo haría.

En medio de todo este barullo, en el centro de la plaza se alzaba un templete para que ahí se realizara el suceso esperado. Algunos niños, sobre la dichosa tarima, hacían sus marometas y decían:

"Miren, soy Angelita Avendaño."

De pronto uno de aquellos chiquillos gritó: —¡Ahí viene! ¡Ahí viene! Otros, saltando de gusto, repitieron lo que dijo aquél, y después de que todo mundo estiró el cuello para localizar lo que se anunciaba, entró a la plaza un carruaje muy elegante en donde venía la ejecutante. Bajó del carro y abriéndose paso con su imponente humanidad y el gesto más feroz que nadie había visto en rostro alguno, llegó Ángela al lugar de su acto.

Subió los cuatro escalones rechazando la ayuda de algunos acomedidos y ya arriba se quitó manto y peineta, y se arrodilló, y en medio de un silencio expectante, puso la cabeza en el piso apoyada por sus manos regordetas llenas de anillos. Se impulsó con poco éxito en el primer intento, pues su trasero era más grande que sus fuerzas, pero al segundo sus rollizas piernas giraron y con ellas el resto de aquel cuerpo. Ángela cayó boca arriba dándose tremendo batacazo y ahí quedó, despatarrada, pero con aire de triunfo.

La risa de todos los presentes fue tanta y tan fuerte que se cimbraba la plaza y algunos hasta se cayeron de las bardas donde estaban trepados de tanta risa que tenían. También a muchos se les trabaron las quijadas durante dos días, debido a la risa.

Después de que la ayudaron a levantarse cuatro alguaciles muy fornidos, Ángela huyó en su carruaje mientras las risas aún resonaban, incluso cuando llegó a su casa todavía se escuchaban. Entró muy adolorida y humillada, pero satisfecha. No se imaginaba que le esperaba una sorpresa. Había otro testamento que invalidaba al primero.

En este documento, don Félix disponía que la mayor parte de la fortuna debía entregarse a su fiel amigo

Fray Antonio, para que construyera un hospital para enfermos pobres, un hospicio para niños abandonados y el resto que fuera repartido entre los seres necesitados, que no eran pocos en esa época. "Si yo he hecho fortuna en estas tierras, aquí debe quedarse", con esta frase cerraba el testamento.

También había otro párrafo en que estipulaba una buena pensión para su devota ama y los criados de la casa, y una jugosa cantidad para su sobrina, que a ella, por supuesto, no le pareció suficiente, porque lo quería todo. En cuanto tuvo en su poder lo que le correspondía, se fue de la ciudad y no se volvió a saber de ella. Pero los niños siguieron cantando por mucho tiempo aquello de:

> *"Angelita es re elegante*
> *eso que ni duda quepa*
> *y va estar re interesante*
> *que se dé una machincuepa".*

Y algunos de esos niños decían que cuando cantaban aquéllo, se oía una risa que parecía venir de muy lejos... ¿De otro mundo? No se sabe si lo imaginaban o era cierto.

Otros mundos

Versión de Teresa Valenzuela

Las calles se transforman, su apariencia cambia según la época, algunas casas permanecen, otras no. Ahí están derrumbando una casa que fue vecindad por varias décadas y en ella se inicia la historia que te voy a contar.

Se dice que durante muchos años tuvo esa morada una vivienda desocupada porque nadie la quería alquilar. La razón era que en una de sus paredes había la huella clarísima de una mano, con seis dedos. Este dedo de más y el intenso color rojo que lucía, eran suficiente motivo para causar pavor a quien la veía.

Si se trataba de limpiar aquella mancha con agua y jabón o con otra sustancia, se perdía en la humedad por un rato, pero en cuanto se secaba la pared, ahí estaba otra vez.

¡FIN DE TODO
EL MUNDO!
Para el 14 de
Noviembre
de 1899

Imprenta VANEGAS
CHEZ POSADA

La gente de este final de siglo, pensaba que el mundo se iba
a acabar.

Si se pintaba encima, aunque fueran varias capas de pintura, por algunos días no se le veía, pero después volvía.

Una persona que rentó la vivienda y trató de tapar la huella con un retrato suyo, vio con terror que la mano siniestra aparecía sobre la imagen de su rostro enmarcado; y otro que se creyó más listo y le puso enfrente un ropero, a toda hora escuchaba como si alguien golpeara la madera del mueble.

Como se creía que aquello era cosa del diablo, se llevó al lugar a un sacerdote, que roció abundante agua bendita; pero nada, ahí siguió aquella señal misteriosa.

Un día llegó un hombrecito encorvado, muy viejo y arrastrando con dificultad sus pies, cruzó el umbral de aquella casa y en el patio lo encontró la portera mirando en derredor, con lágrimas en sus mejillas.

Al preguntarle qué le sucedía, él le contestó con voz temblorosa y débil: —"Aquí nací, señora", y señalando la vivienda desocupada, agregó: "En esa habitación."

—Me imagino que le gustaría entrar ahí, por el recuerdo, pero no se... El anciano la interrumpió: "Sí, comprendo. Estará habitada, agradezco su gentileza."

—No, si desde hace muchos años está desocupada. Es que... —acercándose a él y con tono misterioso, continuó: Ahí hay una cosa... (se persignó). ¡La huella de una mano con seis dedos sobre una de sus paredes!

Los ojos apagados del anciano se iluminaron con un brillo instantáneo y con visible emoción exclamó: "¡Lléveme allá, se lo suplico!"

La mujer ayudó al pobre viejo que temblaba de inquietud por ver aquello que a todos causaba temor. Lo dejó en la vivienda y al cerrar la puerta se quedó a observar por el ojo de la chapa. Y vio cómo el nonagenario puso su mano flaca y trémula sobre la huella de aquella extraña mano invisible. También atestiguó cómo aquel cuerpo frágil se estremecía de gozo y una gran sonrisa le cruzaba el rostro arrugado, y cuando vio que movía los labios, pegó la oreja a la puerta para escuchar.

—...Sí, soy yo, hemos cumplido hermanito, ya podemos irnos...— dijo el anciano, quien retiró su mano. Inexplicablemente la huella, que por tanto tiempo había estado ahí, desapareció, mientras aquel viejo suspiraba con satisfacción y caía al piso para morir.

Ese hombre que acababa de fallecer, se llamaba Simón y había tenido un hermano gemelo, Roberto. Habían nacido en esa casa hacía más de noventa años, en 1899. En aquel entonces el lugar era una residencia señorial. La casa del inglés, así le nombraban porque el padre de los gemelitos había nacido en Inglaterra.

La gente de ese final del siglo, pensaba que el mundo se iba a acabar, como sucede cuando que se acerca la conclusión de un milenio. Circulan chismes, invenciones y dizque profecías que preocupan a los ingenuos.

Por escuchar esos rumores, doña María Trinidad Zepeda de Crowen estaba muy preocupada por sus recién nacidos. Pensaba: ¡pobrecitos!, si se acaba el mundo ¿qué van a hacer?

Pero pasó ese año, y otro y otros y al planeta nada le sucedió. Lo que sí aconteció fue el inicio de una revolución.

En 1911, con once años cumplidos, a Simón y a Roberto se les acabó el mundo; el suyo. Todo el bienestar, los cuidados, mimos y lujos que habían disfrutado hasta ese momento, desaparecieron para siempre.

Su padre fue herido por una bala perdida en un tiroteo en plena calle, muy cerca de su casa, y su madre murió a los pocos días tratando de dar vida a otro hijo. También desaparecieron los negocios y propiedades de la familia; pues quedaron en manos de socios y administradores corruptos. Los gemelos tuvieron que refugiarse en casa de la familia de Jovita, su nana, que vivía en Saltillo, Coahuila.

Allá los localizó un pariente de su padre, que decidió llevar a Inglaterra solamente a uno de los niños.

Los gemelos eran muy unidos, siempre andaban juntos y eran tan parecidos que nadie, ni Jovita que los conocía tanto, los podía distinguir. Ambos tenían la piel muy blanca y salpicada de pecas rojizas, y tenían el pelo muy oscuro y lacio. Se movían igual y el tono de sus voces

Los gemelos tuvieron que refugiarse con su nana Jovita.

idéntico, se divertían mucho haciéndose pasar el uno por el otro.

—Soy Simón, Jovita —decía riendo uno de ellos a la nana. Y ella sospechando el engaño, le decía: "¿Sí? A ver muéstrame la mano, ésa no, no te hagas el tonto; la otra. Roberto tenía seis dedos en su mano derecha. Cuando supieron que iban a separarlos, lloraron mucho y juraron que se volverían a encontrar.

—¿Pase lo que pase, Simón? —dijo Roberto.

—Sí, no me voy a ir de este mundo sin despedirme de ti, hermano.

Roberto, con una navaja hizo una incisión en su mano derecha; Simón hizo otra y unieron sus manos para sellar el pacto.

Los años pasaron, la agitación política y social que enfrentaba el país hizo que las cartas que se enviaban los muchachos, fueran espaciándose cada vez más, además la incomunicación se agravó porque Simón se enlistó en las filas revolucionarias y en esa vorágine se olvidó un poco de su hermano.

Cuando la calma empezó a reinar y Simón ya era un hombre maduro, buscó a su hermano. Viajó hasta Inglaterra y con esfuerzo y dedicación lo encontró.

Ante una tumba leyó: "Roberto Crowen (1899-1932)".

—*Si soy yo, hemos cumplido hermanito.*

Su querido hermano había fallecido. La viuda dijo a Simón que él también había tratado de localizarlo afanosamente, y que en la hora de su muerte, alargando su mano había dicho: ¡Simón, no me iré sin despedirme!

Con el dolor de la pérdida, regresó a México Simón Crowen, y su vida inició otra etapa: se casó y tuvo una hermosa y numerosa familia. Su mundo fueron los hijos, los nietos, y hasta los bisnietos; dos niños pecosos, gemelos, y que fueron la adoración del anciano desde que nacieron.

Federico y Alfonso, idénticos, con sus once años y sus trajes de gala, ante la tumba de su *bisha*, como le decían a Simón, comentan en voz baja, mientras un sacerdote habla:

—¿Será cierto lo que dijo mi papá de *bisha*?

—Yo creo que sí, se lo contó la portera de la casa donde murió. Ella vio y escuchó lo que pasó.

—Él y su hermano eran como tú y yo.

—Pues cuando yo me muera voy a regresar del más allá para asustarte. A Federico le da risa y dice a su hermano: —Entonces, mejor me voy a morir yo primero, para venir a jalarte las patas.

Algún adulto muy serio y con el ceño fruncido, les hace la señal de que callen, que en los entierros no debe haber pláticas ni risitas ni juegos. "Sí, el mundo de los adultos es otro", piensa Alfonso y sonríe a Federico, y ambos intuyen que no falta mucho para que ellos pertenezcan a "ese mundo"... ¿Y seguirán juntos? Esa idea es una pequeña sombra de tristeza igual a la de una nubecita solitaria que acaba de desprenderse de otra, y que el viento lleva hacia otro lado, en un cielo hermoso y claro, que refulge de sol sobre un camposanto.

La misteriosa e increíble historia de la "Fonda Sarita"

Versión de Teresa Valenzuela

El clan, clin, clan del cincel parecía una melodía, cuyo ejecutante, un albañil, abría un hueco en la pared de una vieja accesoria. Iba a colocar un lavabo en el pequeño baño.

La señora Chofi, Sofía viuda de Inclán, acababa de alquilar el local para poner una fondita. Tenía tres hijos: Rocío (Chío), María de Jesús Leonardo (Leo). Chío le ayudaría a su mamá en el negocio, pero su hermana ayudaría menos porque estudiaba para estilista. La señora Chofi abrigaba muchas esperanzas de salir adelante con sus hijos.

—Sí, la renta es cara, doña Sofía, pero el local está muy bien ubicado —dijo el administrador del lugar, un licenciado que hacía aros de humo con su cigarro mientras hablaba. Esto le parecía muy curioso a Leo.

En la planta baja estaría el de la "Fonda Sarita".

"Además, cualquier arreglo va por su cuenta. La dueña, mi cliente, la señora Hassim no me autorizó ninguna rebaja en la renta. También me dijo que le comentara que haga todo con cuidado, porque el inmueble es muy antiguo".

El edificio donde estaba el local, como de cien años de antigüedad, tenía tres pisos de techos muy altos y dos hilera de ventanas con anuncios como: *Claudia Ivett, ropa para dama. Doctor Fausto Vilchis, enfermedades de la piel. Fotos al minuto, despacho 3, suba.*

Y ahora, en la planta baja, estaría el de la *Fonda Sarita,* que Leo pinta en una tabla con colores alegres: rosa mexicano, azul pavo y morado. Su mamá lo ve con ternura y orgullo, piensa que su niño un día llegará a ser un gran pintor.

—No: mejor que sea un gran arquitecto, o ingeniero o... —pensaba.

De sus sueños dulces la despertó la voz del albañil.

—Seño, venga tantito...

El tono misterioso y la mirada huidiza de este hombre preocuparon a Sofía, pero más extrañeza y sobresalto le causó ver lo que le señaló: en el bañito de la accesoria había una calavera con una cabellera larga negra, que pareció mirarla, desde un montón de cascajo.

—Nomás le di un poco fuerte y se desgajó —dijo el albañil refiriéndose a la pared.

En el hueco, al fondo, como a medio metro, está el resto del esqueleto. Un vestido negro cenizo de polvo y telarañas mantiene en su sitio, colgado de unas cadenas, aquel conjunto de huesos.

Leo está fascinado, nunca había visto un esqueleto de verdad; sólo en libros, en la tele, el cine y en las vitrinas de los museos.

Su mamá lo aleja, le ordena que no lo toque. Al albañil le paga y le pide que regrese al día siguiente. Está desconcertada, sabe que tendría que avisar al licenciado, pero que éste puede enfadarse y reclamar que dañó el lugar; que quizás vendría alguna autoridad, que tal vez harían investigaciones que retrasarán sus planes. También se le ocurre que debería ir por un sacerdote o... No sabe qué hacer. Y cuando le pasa eso, prefiere consultarlo con su almohada. Como ya está anocheciendo decide cerrar, dejar todo como está y regresar por la mañana.

—Leo, Leo, vámonos hijo. —Dice doña Sofía desde la entrada.

El niño sale y ayuda a bajar la cortina de lámina para cerrar.

—¿Qué hacías adentro, Leonardo?

—Nada, mamá —contesta con demasiada inocencia. Y ambos se alejan.

A Leo le había parecido que aquel esqueleto, si había estado tanto tiempo ahí colgado, merecía descansar. Y así, sin que su madre lo viera, rápidamente lo había liberado de las cadenas que lo sujetaban al muro.

Al caer el esqueleto, amortiguado por el vestido, a Leo le había parecido oír que exhalaba un suspiro de alivio. También le llamó la atención un camafeo con perlas que el vestido tenía prendido en el cuello.

Al otro día llegó doña Chofi a la accesoria, dispuesta a afrontar el problema. Ya había hablado con el licenciado por teléfono y de pasada por la iglesia más cercana había consultado a un sacerdote.

No quiso entrar al bañito, hasta que llegaran los demás, pues le desagradaba ver los restos de esa mujer asesinada en forma tan cruel y extraña. Aunque ya el padre le dijo, cuando le describió el hallazgo, que no era raro que en épocas pasadas se cometieran ese tipo de crímenes.

El licenciado se topó con el sacerdote a la entrada del local, y juntos entraron. De inmediato fueron conducidos por la señora hasta el bañito.

—¿Cuál esqueleto hay aquí, señora? —exclamó el licenciado, molesto y lanzando sus famosos aros de humo.

—¡Habían desaparecido aquellos restos! ¡No había nada!

—Créame, licenciado, yo lo vi, mi hijo también y el albañil. Él no debe tardar, le dirá... Ya debería estar aquí, no sé por qué no ha llegado. Pero mi hijo vendrá al salir de la escuela y...

El licenciado se fue sin hacerle caso y refunfuñando que él era una persona muy ocupada para estar perdiendo el tiempo con señoras que tenían visiones; también le pidió que compusiera de inmediato los destrozos que había hecho.

El sacerdote tampoco le creyó mucho a doña Chofi, pero por si las dudas roció agua bendita por todos lados mientras rezaba.

El albañil no llegó ese día, ni el otro, ni el siguiente; no se sabe si porque encontró un trabajo mejor o porque se enfermó o... el caso es que otro alarife concluyó el trabajo. Por su parte también Leo terminó su letrero y la flamante *Fonda Sarita* abrió sus puertas a la clientela.

Pero los días pasaban y pasaban y la gente también, pero no entraban al negocio de doña Chofi; los gastos superaban las ganancias después de tres meses doña Chofi le pidió a Leo que hiciera otro letrero: "SE TRASPASA ESTE NEGOCIO".

Con lágrimas en los ojos, viendo a su niño pintar aquel letrero, a doña Sofía se le estaban esfumando las esperanzas de que su criatura fuera algún día arquitecto o ingeniero.

Para colmo de sus males, Leo enfermó; de un catarro común pasó en pocos días a una bronquitis que lo llevó al hospital. Su mamá, por estar al pendiente de él, descuidaba el negocio. Las hermanas, por más que se afanaban, no podían con todo y regresaban por las noches a casa fatigadísimas y desconsoladas porque la fonda iba en picada.

Pero una noche, regresaron muy animadas.

—Oye má, qué bueno que mandaste a la fonda a esa muchacha —dijo Chío.

—¿Cuál muchacha? —preguntó doña Chofi muy extrañada.

—Pues Inés. Ella nos dijo vengo a ayudar, ya me arreglé con su mamá.

—Yo no sé de qué hablan, y quien quiera que sea esa muchacha, yo no la mandé ni se va a quedar.

Pero Inés se quedó, porque doña Chofi le convenció con la historia que la joven le contó. Inés le dijo que había quedado huérfana al morir su padre hacía como un año en Morelia, Michoacán, y había venido a vivir a la capital con un pariente lejano, que creyéndola heredera de una fortuna la invitó a su casa.

Pero esa mujer, muy cruel y perversa, al darse cuenta de que Inés no poseía nada la golpeaba y torturaba ayudada por un hijo tan malvado como ella. Llorando, Inés concluyó su relato diciendo que había escapado de sus verdugos hacía pocos días y que no tenía a dónde ir.

—Discúlpeme por haberle mentido a sus hijas, pero necesitaba trabajo.

—No te fijes en eso —le dijo doña Chofi—; entiendo. Pero yo no puedo emplearte, las cosas no están muy bien en este negocio y...

—Yo quiero quedarme aquí, por favor, señora —insistió Inés—. No me pague hasta que pueda. Me conformo conque me deje quedar en un rincón, se lo ruego.

En un cuarto contiguo a la fonda, doña Chofi y sus hijas colocaron un catre para que la muchacha durmiera.

Pasaron unos días y Leo, ya recuperado, llegó a la fonda para ayudar y para conocer a aquella muchacha de la cual hablaban tanto sus hermanas y su mamá: "Que era muy linda, que trabajaba mucho, que tenía imán para la clientela", etcétera. Y María de Jesús —que sabía de esas cosas—, decía que nunca había visto una cabellera tan larga y negrísima como la de Inés.

Desde que sus miradas se cruzaron, Inés y Leo supieron que serían amigos, que algo había entre ellos que

Leo le había liberado de las cadenas que lo sujetaban al muro.

los unía. A pesar de la diferencia de edades y de las burlas de sus hermanas que le decían: "Te habla tu novia",
Leo e Inés pasaban mucho tiempo juntos y siempre se
les hacía poco. La muchacha le platicaba de su terruño,
de su padre fallecido, de su niñez en la provincia, a veces le cantaba cancioncillas preciosas en purépecha. Él,
por su parte, le contaba de lo poco que recordaba de su
papá, sus actividades en la escuela, de lo que pensaba
ser cuando llegara a adulto.

—Quiero ser ingeniero, pero el más bueno que haya
—le decía Leo—. Pero para eso tendré que estudiar mucho, ir a la Universidad y luego a estudiar más y más en
el mundo y... Pero eso costaría mucho dinero y no sé...

—Lo harás, Leo, ya lo verás — le decía, con una sonrisa, Inés.

La fonda en poco tiempo, tuvo éxito; la gente entraba como atraída por un hechizo. Quizá eran aquellos
ojos de Inés que miraban con tanta dulzura, o era su
levedad, o ese aire desvalido y triste que le daba el luto
que vestía.

Lo importante era que la clientela llegaba como lle-
vada por un impulso inexplicable, y una vez ahí decían:
"¡Qué bien se come aquí! ¡Cómo no había yo venido!"
Y el que iba una vez siempre volvía con familiares o
amigos.

El día que Leo cumplió doce años, le hicieron un
pastel, y al cerrar la fonda se reunieron para festejarlo.

Su mamá y sus hermanas le regalaron unos patines y
una enciclopedia. Inés le entregó un envoltorio pequeño de papel y le pidió que lo abriera hasta el día siguiente. Todos estuvieron muy contentos porque también
festejaban que el negocio iba tan bien que ya doña Chofi
había negociado con el licenciado la compra del local.

Cuando terminó el festejo, las muchachas y doña
Sofía pidieron a Inés que viviera con ellas, que aunque
el departamento era pequeño, ella estaría más cómoda
que en la accesoria.

Sí, ya no debo estar aquí, —dijo Inés con cierta
tristeza mientras miraba toda la fonda. Al despedirse
de Leo y abrazarlo, le murmuró en el oído: "Gracias
por apiadarte de mi largo sufrimiento. Adiós, Leo.
"Adiós", dijo él, y por más que trató de no llorar, no
pudo aguantarse. Su mamá abrazándolo, le dijo con
ternura: "No llores, hijo, mañana se van a ver otra vez."

Pero Leo sabía que no sería así, pues algo dentro de
él se lo decía.

Inés desapareció después de esa noche.

—¡Pero cómo pudo haber salido! —decía doña Sofía ; si pusimos el candado por fuera y lo encontra-
mos cerrado.

Cuando Leo abrió su regalo, reconoció sin asom-
brarse demasiado aquel camafeo que había visto antes.

El tiempo pasa, los días vuelan; los meses transcurren, se esfuman los recuerdos... ¿Los sentimientos?

Pasaron quince años, Leo se recibió de ingeniero, se casó y ahora hace un posgrado en el extranjero. Doña Chofi aún tiene la Fonda Sarita, uno de los lugares más famosos en el centro de la ciudad; además de una sucursal muy exitosa que estableció en el sur de la misma, que maneja Chío. María de Jesús tiene su salón de belleza y dos niños muy lindos. Y cuando ellas se reúnen, a veces se acuerdan de aquella muchacha misteriosa.

—Mamá, ¿crees que Leo aún se acuerde de ella? —pregunta una tarde Chío.

Doña Chofi, con una sonrisa, le muestra una carta en la que Leo le envía una fotografía de su primera hija, una linda bebita que se llamará Inés. ✍

La hermosa hechicera

Versión de Teresa Valenzuela

La deslumbrante belleza de unos ojos verdes en un rostro moreno, hizo que Alonso volteara con la boca semiabierta para seguir viendo a la joven que acababa de pasar a su lado. De inmediato preguntó a su acompañante: —¿Quién es esa muchacha?

—Será mejor que no te hagas ilusiones con ella —respondió su amigo. Es muy seria, algo extraña. La llaman *la Mulata*, y dicen que a ningún hombre le hace caso.

Para Alonso Balbanera esas palabras fueron como un reto que aumentó sus ansias de conquistarla. Su padre lo había enviado hacía poco tiempo a la Nueva España, para hacer fortuna, y en la floreciente ciudad de México había entrado con el pie derecho.

Era apuesto y venía de la península Ibérica, además presumía de cierto parentesco con el entonces virrey, contaba en su haber con muchos amoríos y se consideraba irresistible para cualquier ser del sexo femenino. Desde que se topó con *la Mulata*, su objetivo fue que los ojos hermosísimos de la joven se vieran amorosamente en los suyos.

Ante los balcones de hierro forjado de la casa donde ella vivía con su abuela, Alonso llevó dulces serenatas; con criados de la casa, convencidos con pródigas dádivas, le envió varios recados a la muchacha, pero no sucedió nada. Trató de ser presentado a la joven por alguna amistad de ésta, pero la gente le dijo que ella no frecuentaba ningún círculo social, y que si salía era sólo a misa y muy temprano.

Al alba y muy en contra de su costumbre se levantó un día Alonso para poder ver a *la Mulata*. A la salida de la iglesia de Santo Domingo, descubriéndose la cabeza le hizo una reverencia con el sombrero y le lanzó su mirada y sonrisa más seductoras; esperó unos segundos inclinado, seguro de que ella correspondería siquiera con una mirada. Pero garbosa y altiva pasó junto a él y se fue presurosa con su acompañante, un mocetón muy alto y fornido de piel oscura que sí miró a Alonso, pero con fiereza y frunciendo el ceño.

Alonso Balbanera, el galán que rompía corazones, padeció desde ese día un dolo enorme en su orgullo. Rabiaba por el desdén de la hermosa morena. Sus amigos ya le hacían burlas por el fracaso de sus intentos.

Un gato negro que dormitaba sobre un sillón.

Una noche salió de una taberna muy envalentonado, debido al exceso de alcohol que había ingerido. Llegó a la casa de su adorado tormento y saltando por un balcón que estaba abierto, entró a la habitación donde la muchacha estaba leyendo. Ella al verlo gritó, soltó el libro y éste derribó el candelero que iluminaba su lectura.

Un gato negro que dormitaba sobre un sillón se irguió erizando la pelambre y la luz de las velas volcadas, proyectó una sombra siniestra que le causó mucho temor al intruso. Esto y el rumor de criados que ya acudían, hicieron que Alonso saliera rápidamente de la misma forma en que había entrado.

A partir de entonces el pretendiente, frustrado, se dedicó a regar infundios por todos lados sobre la muchacha.

—Ese negro que la acompaña es el mismísimo demonio, —decía y agregaba: y ella es una hechicera, igual que su abuela.

"Yo lo vi transformarse en felino, lo juro" —decía persignándose, para hacer verídico su relato.

La abuela de la *la Mulata*, doña María Ignacia, era una anciana apacible y bondadosa que ayudaba a cuanta gente podía, y como sabía las virtudes de las plantas, a veces daba a las personas enfermas, pomadas, emplastos y cocimientos de hierbas para curar sus dolencias.

En su juventud fue esclava y sirvió en casa de un hombre rico que enamorado de ella, la hizo su esposa y tuvieron dos hijas. Enviudó y sus hijas se casaron con unos hombres que las hicieron felices. María Ignacia fue abuela de una linda niñita y de un varón; pero sus hijas y los maridos de éstas fallecieron por una epidemia de tifo y quedaron a su cuidado sus nietos: *la Mulata* y su primo, aquel muchacho fortachón de hermosa piel oscura que recientemente había llegado de Veracruz, donde atendía negocios de su abuela.

Los chismes que iniciara Alonso con respecto a la familia, resbalaron como serpientes de boca en boca, hasta los largos oídos de la Santa Inquisición. En aquella época la Iglesia Católica tenía esta vergonzosa institución para juzgar y castigar severamente cualquier acción que afectara sus intereses. Cualquier persona, pobre o rica, plebeya o de la nobleza, estaba expuesta a caer en las garras de ese tribunal. También podía ser acusada anónimamente, y en muchísimas ocasiones fueron denunciadas personas inocentes, por venganzas personales, o incluso perdieron sus bienes.

A las tenebrosas cárceles de la Perpetua, situadas en lo que hoy es la esquina de Venezuela y Brasil, fueron llevados aquellos dos jóvenes y su frágil abuela, que falleció después de unos días de reclusión en la insalubre mazmorra a la que fue confinada. El joven, a pesar de su fuerza, no pudo sobrevivir luego de haber sido atormentado en el potro, infame instrumento de tortura en donde le jalaron los brazos y piernas hasta descoyun-

turarlo, mientras lo presionaban sus verdugos dicién-
dole: "¡Tú eres Satanás! ¡Confiésalo, negro inmundo!"

Cuando la muchacha supo el terrible fin de sus úni-
cos familiares en el mundo, los seres más queridos en su
vida, no lloró, ya no tenía lágrimas.

Y su dolor era in-
conmensurable. Pi-
dió un sacerdote para
confesarse, y cuando
éste llegó a la inmun-
da celda, la mucha-
cha le dijo: "Me han
acusado de algo que
no soy, pero ahora
voy a serlo".

El tono de su voz,
la determinación con
que habló y la mira-
da que había en sus
ojos asustaron al frai-
le, que retrocedió temblando y salió del calabozo mur-
murando oraciones.

Al día siguiente un carcelero escuchó extraños rui-
dos en la celda y al asomarse por la mirilla de la puerta
vio que la joven dibujaba un navío con una piedra filosa
sobre una de las toscas paredes. Delineaba con habili-

dad las pequeñas velas con sus dos palos; era un bergantín goleta, realizado con tanta perfección, que el hombre murmuró asombrado: "Sólo le faltaría navegar".

La muchacha volvió el rostro y sonriendo enigmáticamente le dijo: "¿Quieres que navegue? Lo hará".

Después sin dejar de mirarlo a los ojos, se acercó a la puerta y le dijo: "Imagina tú el mar".

El custodio no pudo resistir la mirada de la joven y cerró sus ojos, porque lo deslumbró la intensidad de una luz que emanaba de ellos.

Al abrirlos, la muchacha ya no estaba, ni el hermoso navío dibujado sobre la pared: habían desaparecido. Sólo escuchaba el rumor del agua; como de olas rompiéndose sobre el casco de una embarcación.

Se hizo una investigación; se interrogó exhaustivamente al carcelero, que una y otra vez repetía con angustia lo que había sucedido:

—¡Desapareció! ¡Se fue en su embarcación!

Y aunque se sospechó que el carcelero la había dejado escapar, no se tenían pruebas y nada pudieron impugnarle.

Por su parte, el infame galán Alonso Balbanera fue recluido en un hospital para enfermos mentales, pues se la pasaba diciendo, con ojos desorbitados, que un enorme gato negro lo perseguía, además gritaba y manoteaba, pidiendo que le quitaran a la fiera de encima; sin que nadie viera nada. ✍

El cuervo endemoniado

Versión de Teresa Valenzuela

Los leones rugen, las ovejas balan, los elefantes barritan, las abejas zumban, los perros ladran. ¿Y los cuervos?: crascitan. Sí, así se le dice al sonido que emiten esas aves, crascitar.

Pues eso hacía noche a noche en un puentecillo aquel pajarraco negrísimo, cuervo magnífico, muy grande y de lustroso plumaje. Los vecinos del lugar, barrio de San Pedro y San Pablo, llamado así por el colegio del mismo nombre que ahí se encontraba en la época virreinal, estaban fastidiados de aquel animalejo que a las doce de la noche les interrumpía el sueño con sus gritos. Y hasta con palabras, porque según muchos, aquel cuervo era nada menos que el mismísimo Lucifer.

Durante el día se refugiaba en una casa abandonada cercana a ese puente, que apenas se mantenía en pie.

—¡Jua, jua, jua... Juan, al demonio no podrás atrapar...
arrr... arrr!

Entre vigas caídas y tiliches ruinosos pasaba las horas de luz diurna el pajarraco. Y en cuanto la noche inundaba las calles, salía de su guarida para volar por las casas. Se posaba de vez en cuando en alguna ventana, cuyos dueños se asustaban y cerraban inmediatamente los postigos a piedra y lodo.

Cuentan que a ese barrio llegó a vivir una familia conformada por tres hijos, los cuales se llamaban Juan, Miguel y Santiago, y tenían entre 10 y 16 años de edad. Los muchachos, al oír al cuervo aquel y luego de saber por los vecinos las consejas que se le atribuían, decidieron librar al vecindario de aquella temible molestia.

Cada uno por su lado ideó un plan. Juan, el mayor, fue el primero en poner en práctica su estrategia. Una noche, sin que sus padres se dieran cuenta, salió de casa y llegó al puente para aguardar embozado en su capa, al ave. Ésta llegó muy puntual. Con las doce campanadas que dividen al día, se posó en la baranda del pequeño puente y como un eco repitió con sus graznidos los doce golpes de tiempo. Juan al oírlo se impresionó, pero decidido le lanzó con rapidez su capa para atraparlo. El animal sólo dio un giro en corto vuelo y se posó de nuevo en el mismo lugar y con risa burlona dijo:

—¡Jua, jua, jua... Juan, al demonio no podrás atrapar... arrr... arrr!

El muchacho, cuando escuchó esas palabras del pico del cuervo, sintió que la sangre se le escapaba del cuer-

po y con un exagerado temor se fue corriendo, tan rápi-
do que en menos de lo que canta un gallo, ya estaba
jadeando detrás de la puerta de su habitación.

A la mañana siguiente Miguel y Santiago sabían, por
la cara con que amaneció Juan, que su intento no había
tenido éxito y sonrieron socarronamente al verlo aún
pálido por el susto de la noche anterior.

Esa misma noche, antes de las doce, Miguel se pre-
paraba para intentar la hazaña. Se decía a sí mismo:
¡Yo solo lo atraparé!, seré el héroe del barrio al librarlos
de ese animal que tanto los atemoriza. Yo soy más valiente y listo que Juan. Todo eso pensaba mientras tejía
una redecilla de hilo fuerte y ligera.

Pues sí, Miguel sí era más valiente que su hermano
mayor, tanto que cuando el cuervo le habló no corrió,
ni siquiera se asustó. Pensó que no era tan raro ni de-
moniaco que un cuervo hablara, esos pájaros aprenden
frases y las repiten, como lo hacen los loros y las
guacamayas. Aunque sí lo sorprendió que supiera su
nombre.

—¡Migh...! ¡Migh...! ¡Miguel, si quieres atrapar al diablo, ven por él! ¡Ven por él! —repitió estas palabras la
misteriosa ave y se alejó del puente volando directo a su
guarida.

En la oscuridad de la casa en ruinas se perdió el cuervo. Miguel, el valiente, sin arredrarse y con decisión fue

Muy envuelto en su capa oscura llegó al puente.

hasta la tétrica morada, entró ahí saltando por una ventana y pisando entre los escombros que le hacían perder el equilibrio, vio de pronto una visión fascinante.

En el patio central de la casa bajo un rayo de luna clarísimo estaba parado el cuervo proyectando una sombra siniestra sobre el piso. Avanzó el muchacho con paso felino, y sin quitarle los ojos de encima a su presa.

Cuando estuvo a una distancia que creyó adecuada lanzó su redecilla. Pero ésta en el impulso inicial se atoró en algo que Miguel no podía ver por la oscuridad. Jaló con fuerza para liberarla y entonces con gran estrépito se le vinieron encima un montón de palos viejos y fierros pesados, que esquivó debido a sus buenos reflejos, de lo contrario lo hubieran hecho papilla o cuando menos le hubieran roto algunos huesos. Por el estrepitoso ruido, el cuervo alzó el vuelo y Miguel, chasqueado, regresó a su casa con disgusto, raspones, rasguños y la ropa llena de polvo.

Al día siguiente le tocó a Juan mirar con una sonrisa burlona a su hermano el valiente y hasta le preguntó con sorna: "¡Te peleaste anoche con el gato, hermanito?"

Santiago, el más pequeño de los hermanos, no comentó nada; sabía que ahora sería su turno de intentar la hazaña. Sus hermanos mayores nunca lo creían capaz de hacer algo bien, siempre decían: "Tú no hagas esto o lo otro, porque estás muy chico".

Esa noche el chiquillo salió de casa, con miedo, pues sólo un tonto no podría tenerlo. Caminar por la calle oscura a medianoche a enfrentar a un animalejo que decían que era el diablo, no era para menos.

Muy envuelto en su capa oscura llegó al puente y aguardó agazapado. En unos instantes, que a Santiago se le hicieron horas, llegó con terso vuelo el cuervo. Las doce campanadas sonaron acompañadas de los ríspidos gritos del avechucho maldito. A cada graznido Santiago se estremecía y los dientes le chocaban entre sí; él pensaba que de frío, pero era por el miedo. Por su mente cruzó la idea tentadora de irse corriendo a casa, de meterse en su cama, o debajo de ella, y taparse bien los oídos para no escuchar aquel crascitar espeluznante.

Cuando el cuervo terminó su desagradable concierto operístico, Santiago avanzó dos o tres pasos en dirección al animal. Éste al descubrir la presencia del niño, lo miró ladeando su pequeña cabeza y su gran pico con movimientos cortos, y también dio unos pasos sobre el barandal pedroso.

Santiago se quedó parado, como hipnotizado por la mirada del ave, y ésta hizo lo mismo como si fuera una estatua adornando el puentecillo.

Pasaron así una veintena de segundos y ninguno de los contrincantes hizo algo, o eso parecía, porque Santiago debajo de su capa había abierto un recipiente que traía. El muchacho avanzó otros dos pasos con gran suavidad y sin dejar de mirar al cuervo. Cuando éste se decidió a volar, Santiago rapidísimamente lanzó el contenido del recipiente que ocultaba, diciendo: —¡Si el demonio eres, vete a tu lugar! ¡Vete a los infiernos, y no vuelvas más!

Un chubasco de agua bendita que Santiago había tomado esa tarde de la pila de una iglesia, empapó al cuervo que gritando escandalosamente voló, huyendo a su conocido refugio, dejando tras de sí una estela de bruma y chispas rojizas.

La pobre criatura también huyó empapada, pero en sudor por el trance que había sufrido. Apenas había entrado a su casa cuando se escuchó en todo el vecindario un grandísimo ruido. Todo el mundo despertó. Señoras en camisón se asomaron persignándose por las ventanas, otras sin él también se asomaron, pero se ocultaron de inmediato al notar su impúdica apariencia. Y algunos señores ni siquiera se levantaron de sus mullidas camas y mandaron a sus criados a enterarse a la calle de lo sucedido.

La casa maldita, guarida del cuervo, se había desplomado por completo. Una nube de polvo flotaba espesa sobre la ruina espantosa. Y como si descansara de una condena, la calle entera junto con su puente pareció exhalar un suspiro de alivio.

A la mañana siguiente, Juan y Miguel con sonrisas de complicidad dieron palmaditas en la espalda a su hermano menor, sentían orgullo y admiración por él; había logrado lo que ellos intentaron sin éxito.

Desde entonces ya no le hicieron burlas y le consultaban para hacer cosas, pues se habían convencido de que su fuerza y valentía, con la inteligencia de Santiago, mejores resultados les darían.

Y también desde entonces aquel cuervo infernal ya no volvió a despertar con espanto a nadie de ese barrio. Y de su presencia sólo quedó el recuerdo que hizo que la calle se llamara *El puente del Cuervo.* ✍

Remedio para maldades

Versión de Teresa Valenzuela

S on varias las historias que explican la presencia de un palo grueso, como de un metro de largo que estuvo colgado de una alcayata durante muchos años sobre la pared de una casa situada en una calleja del centro de la ciudad de México. Por ese detalle, dicen, a esa calle se le nombró: *Callejón del Garrote.*

Una de esas historias, si no la más verídica, sí la más curiosa, narra que en la época de María Castaña, hace muchos años, en ese lugar se reunían vagos y malvivientes para urdir sus pillerías, beber alcohol y armar escándalos.

El causante de este desorden era Genaro Bojórquez, un pícaro de 15 ó 16 años, que vivía en esa calle, y quien

—*Es un remedio* —*contestó la mamá de Genaro, con una gran sonrisa.*

a pesar de su corta edad era muy conocido por sus delitos. Todos los truhancillos aquellos lo tenían por su líder.

En un cuchitril vivía Genaro con su pobre madre, doña Panfilita, una mujer de edad avanzada que sólo tenía a ese hijo, a quien quería mucho, pero no dejaba de reconocer sus defectos.

Ella misma contaba a sus vecinas lo malvado que el muchacho había sido desde niño, pues apenas anduvo a gatas fue el verdugo del gato de casa: lo pellizcaba, hasta arrancarle los pelos y le jalaba la cola, y cuando el felino lo rasguñó, el chiquillo lo arrojó al pozo; y el minino se ahogó, mientras él se reía.

Ya más grandecito, golpeaba sin motivo y con saña a otros niños, pues le gustaba verlos sufrir y sangrar, y como siempre había sido muy alto y fuerte, no había quién pudiera con él. Su maldad era tal, que a los siete años empezó a hurtar, primero a su madre, que apenas ganaba unos pesos lavando ropa. Luego empezó a meterse a las casas vecinas y se llevaba lo que podía, desde monedas, hasta gallinas. Vendiendo lo que hurtaba, empezó a conocer a la gentuza que ahora frecuentaba.

Los vecinos estaban muy fastidiados de aquellos rufianes, que no sólo ensuciaban la calle con basura, escupitajos y orines, sino que además agredían a los niños y jóvenes que ahí vivían, a quienes les quitaban sus pertenencias. A las niñas, adolescentes y señoras, avergonzaban con sus vulgaridades.

La justicia de entonces, con sus alguaciles y corchetes, nada podía hacer contra de aquellos delincuentes, pues si alguna vez llegaban por ahí, los pillos huían trepando las paredes y cruzando por azoteas. Si alguna vez era atrapado alguno y encarcelado, no tardaba en salir libre y volver.

La madre de Genaro, avergonzada ante sus vecinos, por la conducta de su hijo, le suplicaba inútilmente que cambiara sus hábitos.

—¿Por qué eres así, Genaro? —le decía Panfilita, con lágrimas sobre sus mejillas.

—Así nací, así soy; si no le gusta, me voy —contestaba el descarado.

La mujercita amaba a su hijo aunque fuera un delincuente, y por nada del mundo quería que se marchara. Lo que más deseaba era que aquel muchachote, tan inquieto, tan fuerte, llevara su vida por mejor camino. Pero de nada habían valido los regaños, rezos, novenarios, y hasta extenuantes caminatas a la Villa de Guadalupe, hechos por Panfilita; Genaro seguía de pillo.

Alguien le dijo que consultara a la Madre Juliana, una india muy anciana que tenía fama de bruja, capaz de hacer cosas increíbles. Y aunque la hechicería le daba temor, decidió buscar a Juliana con tal de lograr algún resultado. Así pues, salió una mañana rumbo a Tacuba-

ya, donde vivía la hechicera, con una esperanza pequeña, y regresó por la tarde con una tranca grande.

Una vecina al verla cargando aquel palo, que casi
era de la estatura de Panfilita, le preguntó: —¿Para qué
lo quiere, vecina?

—Es un remedio contestó la mamá de Genaro, con
una gran sonrisa.

Ese día al anochecer, cuando el borlote de los pillos
empezaba a hacerse en grande, salió la señora a la puerta de su casa cargando aquel palo misterioso. Genaro
bebía y chanceaba, presidiendo el alboroto. Su madre
lo llamó con dulzura: "Genaro, hijito, ven. Alguien te
busca".

El muchacho no era obediente, pero acudió al llamado de su mamá pensando que se trataba de algún
compinche que había robado algo y quería mostrárse-
lo dentro de casa para no ser visto.

Cuando Genaro cruzó el umbral de la casa, la señora aventó el garrote dentro y luego cerró la puerta con
llave.

De inmediato se empezaron a escuchar los gritos.
—¡Ay! ¡Ayyayay! ¿Quién...? ¡Ay! ¡Déjame...! ¿Quién es...?
¡Espíritu maldito, demonio o lo que seas! ¡Ay! ¡Ay! ¡No,
ya no me pegues, por favor! ¡Ay, ay, ay!

Al oír el escándalo, sus amigos trataron de abrir la
puerta, pero no pudieron; era un zaguancillo muy bien
puesto y macizo, de mezquite.

Se hizo fama de gran artesano y de bastante dinero.

También algunos vecinos salieron a ver qué pasaba y le preguntaron a la madre de Genaro; ella lloraba pero parecía contenta.

—Están curando a mi hijo —contestó con cierto orgullo.

Después de un buen rato, la señora abrió la puerta y aquel muchachote feroz salió como un corderito, pero uno muy lloroso y asustado que decía temblando y con ojos desorbitados: "¡Ese maldito palo me ha golpeado!"

El madero estaba ahí tirado en el piso, inmóvil y para nada parecía algo sobrenatural.

Algunos amigos de Genaro creyeron que estaba loco; otros estaban muy avergonzados de ver a su líder lloriqueando, y varios más procuraban que no se les notara que estaban asustados, creyendo que el garrote podía hacerles lo mismo a ellos. Todos se fueron.

Doña Panfilita, muy satisfecha, colgó el garrote fuera de su casa y luego entró con su magullado hijo para ponerle fomentos en su dolorido cuerpo.

Desde ese día Genaro, al entrar a su casa, le decía al palo: "Me porté bien, me porté bien".

Y cuando no era cierto, dicen que aquel garrote desaparecía de su lugar y adentro se empezaban a escuchar los gritos y lamentos del muchacho. Eso sucedió muy pocas veces, porque Genaro pronto encontró una ocupación que le gustó mucho y decía muy contento:

—¡Me encanta, y además me pagan!

Pues sí, porque trabajaba en un taller de canteros. En muy poco tiempo logró hacer piezas notables; con sus manos fuertes, hacía que el cincel y el marro sacaran a la piedra figuras de santos, angelillos, leones, gárgolas, columnas con sus capiteles, estatuillas y bustos de héroes, también hacía marcos sólidos para portones con sus respectivos escudos; que enunciaban el linaje de los que iban a habitar alguna casa. Lo que más le gustaba era esculpir fuentes y se sentía muy orgulloso al verlas funcionar, barboteando chorros de agua que se deslizaban con figuras de peces o ninfas; también hechas por él.

Genaro en algunos años, se hizo fama de gran artesano y de bastante dinero, y él y su madre se mudaron de casa. Dicen que el garrote ahí se quedó y que la acción del tiempo lo destruyó. Pero otra versión de la historia cuenta que alguien de otra colonia, al saber de sus poderes curativos para quitar vagos de las calles, se lo llevó... Hay quien dice que en la actualidad algunas personas lo buscan con la ilusión de ver si aún existe, para intentar con ese remedio sobrenatural librarse de las pandillas, que hacen de las suyas en muchas zonas de nuestra ciudad. ✑

Índice

La Llorona 5

La mulata de Córdoba 11

La muerta que resucitó 17

El difunto ahorcado 25

Diversión desde el panteón 29

Otros mundos 43

La misteriosa e increíble historia
    de la "Fonda Sarita" 53

La hermosa hechicera 65

El cuervo endemoniado 73

Remedio para maldades 83

COLECCIÓN LITERATURA UNIVERSAL
CLÁSICOS DE AYER Y HOY

- Las almas muertas. Nicol
- Las aventuras de Arthur Gordon Pym. Edgar Allan Poe.
- Azul. Rubén Darío.
- Los bandidos de Río Frío. Manuel Payno.
- Bola de Sebo y cuentos completos. G. de Maupassant.
- La calandria. Rafael Delgado.
- El capitán veneno. Pedro Antonio de Alarcón.
- Carta al padre. Franz Kafka.
- Cartas de relación. Hernán Cortés.
- La cartuja de Parma. Stendhal.
- El castillo. Franz Kafka.
- La cautiva. El matadero. Esteban Echeverría.
- Clemencia. Ignacio M. Altamirano.
- Conde Lucanor. Don Juan Manuel.
- Crimen y castigo. F. M. Dostoievsky.
- Cuentos y relatos. Óscar Wilde.
- Cuentos. Horacio Quiroga.
- Cuentos. Rabindranath Tagore.
- Cuentos de amor, de locura y de muerte. Horacio Quiroga.
- Cuentos de Chejov. Antón Chejov.
- Cuentos del general. Riva Palacio.
- Cuentos de las mil y una noches. Anónimo.
- Cuentos de terror. Edgar Allan Poe.
- Cuentos de Tolstoi. León Tolstoi.
- Cumbres borrascosas. Emily Bronte.
- El decamerón. Bocaccio.
- Diario de Ana Frank.
- Díez días que conmovieron al mundo. John Reed.
- La Divina Comedia. Dante Alighieri.
- Don Quijote de la Mancha. M. de Cervantes Saavedra.
- Don Segundo de Sombra. R. Güiraldes.
- Doña Bárbara. Rómulo Gallegos.
- Doña Perfecta. B. Pérez Galdós. La Eneida. Virgilio.
- El extraño caso del Dr. Jekyl y Mr. Hyde. Louis Stevenson.

- Facundo. Domingo F. Sarmiento.
- Historia de la vida del buscón. F. Quevedo.
- La Iliada. Homero.
- Juanita la larga. Juan Valera.
- El jugador. F. Dostoievsky.
- Juvenilia. Miguel Cané.
- Lazarillo de Tormes. Anónimo.
- El libro de buen amor. Arcipreste de Hita.
- El loco. Gibrán Jalil Gibrán.
- El llamado de la selva. Jack London.
- Madame Bovary. Gustave Flaubert.
- La madre. Máximo Gorki.
- María. Jorge Issacs.
- Marianela. Benito Pérez Galdós.
- Martín Fierro. J. Hernández.
- La metamorfosis. Franz Kafka.
- Los miserables (compendio). Victor Hugo.
- Monja y casada, virgen y mártir. Vicente Riva Palacio.
- La muerte de Iván Illich. León Tolstoi.
- La muralla china. Franz Kafka.
- Naná. Emilio Zolá.
- Narraciones extraordinarias. Edgar Allan Poe.
- Navidad en las montañas. Ignacio M. Altamirano.
- Novelas ejemplares. Miguel de Cervantes Saavedra.
- La odisea. Homero.
- Los pazos de Ulloa. Emilia Pardo Bazán.
- Pepita Jiménez. Juan Valera.
- La perfecta casada. Fray Luis de León.
- El periquillo sarniento. Fernández de Lizardi.
- Poema del Mío Cid (español antiguo y moderno, en verso). Anónimo.
- Popol Vuh. Agustín Estrada Monroy.

EDICIÓN ABRIL 2001
IMPRESORA LORENZANA
CAFETAL # 661,
COL. GRANJAS MÉXICO.